꽃대의 기다림

꽃대의 기다림

강경구 시조집

Sijo Poems by kang Kyung koo

 동학사

부끄러워
그림자 뒤에 숨는다
하지만 훤히 다 보이는 걸

밝은 햇볕으로 나오라는 울림에
용기 내어 나왔다

용기는 나이 들어도 무겁다.

2019년 여름
강경구

차례

1

2

1

빈 수레 행복 가득

노오란 꼬마 신사
온 들판 수를 놓고

푸른 옷 갈아입은 청보리가 춤을 춘다

얼마나
멋진 세상인가
이 강산이 좋구나.

봄인가 싶더니만
어느덧 눈 내리고

진달래 피어나고 동백은 떨어져도

세상은
돌고 도는 것
마음 비우면 참 행복.

분만실 앞에서

초조하다

기쁨의 시간이 빨리 왔으면

조금만 기다려 보자

힘을 내자

사랑스런 내 딸아

그리고 동이야

어머니의 사랑 1

한 여름 고추밭에 아들과 어머니가
고추를 따고 있네 발갛게 익어있네
이 고추 따고 빻아서 나누어서 먹잖다

한동안 서서 따다 고랑으로 주저앉고
이마엔 구슬땀이 발걸음은 엉덩이로
이 힘든 시골생활을 평생토록 하셨네

매실물 한 바가지 시원하게 들이켜고
엄마와 두 아들은 지난 얘기 주고받고
못다 한 모자의 정을 사랑으로 나눈다.

손주를 보내고

작은 행성 소우주가
은하수를 뿌리면

집안에 웃음꽃이 지천에 너울대고

밤톨로
여무는 소리
온 집안을 채운다

든 자리 가고 나면
잊힐 줄 알았는데

옹알이 웃는 얼굴 천사의 그 눈빛이

보고파
너무 보고파
그리움만 쌓인다.

빈손

세상엔 나의 것이 아무것도 없다는데

한 움큼 쥐어보자 갖은 애를 다하지만

뒤돌아 지켜 서 보면 아무것도 안 보여

그래도 산다는 게 말같이 쉽지 않아

오늘도 앞만 보고 열심히 살지마는

그것 참 아무리 봐도 빈손인 게 맞구나.

아버지의 추어탕

윗배미 아랫배미

물고랑 떨어진 곳

살며시 헤집으면

미꾸라지 한두 마리

모두 다

즐기며 먹는

아버지의 추어탕.

거북이의 귀향

등 뒤에 인간들이
무슨 짓을 하였을까

따갑고 아프고 뒤돌아 볼 수도 없는

어쩌랴
몸도 돌릴 수 없는
좁디좁은 공간을

조금만 참아보자
바다로 보낸다니

얼마만의 귀향인가 내 고향 푸른 바다

힘차게
헤엄쳐 가자
용왕님이 계신 곳.

어린이날

진달래 진 자리에

오월의 녹색 향연

초록 우산 펼치고

하늘을 넘나들고

어린이

놀이터에는

파란 꿈이 영글고.

동백꽃

남녘의 끝자락에

꽃바람 불어오고

시누대 곧은 절개

파랗게 피어나면

동박새

울음소리에

섬 색시 등 밝힌다.

인류의 꽃

비단에 모락모락

피어나는 사랑꽃

약지로 맛을 보니 달콤하고 향기롭네

세상의

아름다운 꽃

배내똥이 으뜸 꽃.

버킷리스트

2년 여 방황 속에 제 꿈을 이루고져
한번만 기회 달라 목메던 소원 끝에
맨주먹 불끈 쥐고서 서울로 간 머슴애

파도에 휩쓸리며 재를 넘고 영을 넘어
限韓令 파고 넘어 상해로 북경으로
꿈 이룬 마이 버킷리스트* 하늘 높이 날아라.

---

* 마이 버킷리스트 : 가수가 되고 싶은 '양아치 소년'이 시한부 인생을 선고 받
은 소년 '해기'를 만나 함께 버킷리스트를 수행하는 과정을 그린 창작뮤지컬 작
품으로 2014년 국내 초연했다.

가을 문턱에서

소낙비 한 줄기에 불볕도 물러가고

신작로 코스모스 내 님을 부를 때쯤

살며시 홑이불 당겨 오는 세월 반긴다

제비도 강남 가고 하늘엔 뭉게구름

처마 밑 귀뚜라미 단풍잎 물고 오면

비단 결 고운 님 곁에 긴긴밤이 짧구나.

덤불 속에 피어난 꽃

꺾이어 버려졌나

가까이 다가서니

윙크로 인사하는

깜찍한 저 꽃잎은

덤불 속

피어 오르는

새 생명의 철쭉꽃.

어머니 꽃 구경 가요

가슴엔 꽃구름이
너울너울 밀려오고

온 산에 분홍 물결
봄 마중 나서는데

어머니
꽃구경 가요
한이 맺힌 그 한마디.

꽃대의 기다림

봄 향기 그윽한 날 꽃대를 올렸는데

철없는 심술쟁이 궁금해 기웃기웃

아뿔싸 피우지 못한 기다림이 꺾인다

해마다 길손에게 하늘 하늘 눈인사

올해는 못하지만 내년을 기다리며

희망의 끈 놓지 말자 돌아오는 새봄을.

샘터의 추억

산 아래 샘터 하나 언제나 넘실넘실

고추밭 울긋불긋 이마엔 구슬방울

시원한 물 한 바가지 등골이 오싹하다

하얀 눈 수북수북 동트는 아침이면

어련히 집집마다 샘으로 통하던 길

물지게 갈지자 걸음 찰랑찰랑 넘친다

낙엽이 한 잎 두 잎 개구리 쉼터 되고

이끼 낀 동네 샘터 오늘도 흐르건만

정겹게 도란거리던 아낙들은 어디에.

그 땐 그랬지

구멍이 듬성듬성 뚫려있는 마룻바닥

찬바람 소리 없이 마루를 스쳐가고

가끔은 서생원들이 운동회도 하는 곳

드럼통 구공탄이 열기를 내 품을 때

대야의 옥수숫대 자글자글 끓으면

동상 든 발 담그고서 근무하던 그곳에

그 옛날 군청 청사 신식 건물 들어서고

자가용 물결이 홍수를 이루어도

연탄불 당직 온돌 방 그 온기가 그리워.

천년초

아버지 살아생전 심어놓은 선인장

해마다 담장아래 노란 꽃이 피어요

너무나 예뻐 다가서면 빙그레 웃어요

이슬을 머금고도 샛노랗게 피는 꽃

가까이 오지 마라 손사래를 치면서

내년에 또 올 터이니 기다리라 하네요.

2

사랑하는 당신

뻐꾸기 노래 소리 뻐꾹뻐꾹 뻑뻐꾹

동트는 아침이면 소리 없이 웃는 미소

오늘도 행복한 하루 마음의 창 열고서

망루에 올라서니 부러울 게 없구나

님 생각이 절로 나 사랑가를 부르면서

그대여 흐르는 강물 뚝이 되어 주소서.

당신이 좋아

꼭두새벽 눈을 뜨니 옆자리가 허전하다

정적만 감돌고 고요만이 흐르는데

똑똑똑 함께 자자고 소곤대는 자명종

사랑을 주고 받고 마음을 받고 준다

첫사랑 눈 먼 사랑 주는 것이 참사랑

서로가 챙겨준다고 네가 먼저 내가 먼저

챙기면 싫다 하고 지나치면 토라진다

알 수 없는 네 마음 별님에게 물어볼까

그래도 당신이 좋아 당신 곁이 최고야.

은빛 노을

봉화산 편백림 길 오고 가는 산책길에

급한일 뭐있나요 천천히 오릅시다

계단을 오르내리며 지난 세월 셈한다

흰머리 휘날려도 마음은 청춘인데

지팡이 의지하고 힘에 겨운 발걸음을

둘레길 벗을 삼고 서 황혼 불빛 태운다

당신 먼저 가지 마오 손잡고 함께 가요

고단했던 지난 세월 주고 받고 다독이며

사랑의 두 손 잡고서 은빛 노을 꿈꾼다.

봄이 오는 길목

너 지금 어디쯤에 늑장 부리고 있느냐

달래 냉이 안주 놓고 기다린지 오래다

단숨에 달려오너라 한 판 실컷 마셔보게

저 건너 길모퉁이 포장마차 황금 붕어

따뜻한 오뎅국물 후루룩 마시고서

동백꽃 구경 가잔다 오순도순 손잡고

갈매기 끼룩끼룩 내 품으로 날아들고

벼랑에 부서지는 하얀 포말 그대론데

그 옛날 애틋한 연가 어부 사랑 그립다.

보말 칼국수

저 멀리 한라산 잿빛 구름 하늘 아래

은빛 갈치 퍼덕이고 다금바리 춤추는 곳

물건은 깎아야 제맛 밀당 모습 정겹다

샛노란 한라봉 따고 먹고 한나절

재개 재개 좇는 걸음 마음은 칼국숫집

문턱도 못 넘어 보고 오는 눈만 탓하네

이쪽이 먼저예요 손짓하는 중년 남자

이분들이 먼저라우 꽃 할머니 미소에

모슬포 보말 칼국수 싱글벙글 맛있다.

엄마의 호박

산자락에 붙어있는 예쁘장한 텃밭에

오늘도 엉금엉금 투박한 손 바쁘다

가실에 탐스런 호박 주렁주렁 열어라

요놈은 제일 크니 큰놈 오면 가져가고

탐스런 이 녀석은 둘째에게 주어야지

새째는 식구 많으니 이것저것 다 주자

부풀은 어미 마음 잿등 너머 있는데

무정한 짧은 해는 서산을 기웃기웃

자식놈 언제 오려나 하루 해가 다 간다.

그리움

늦은 밤 풍경소리 실눈을 뜨고 보니

창살에 비추이는 달님이 웃고 있네

언제나 반가운 손님 가슴으로 반기네

오늘은 만나려나 해거름 가까운데

무심한 막차는 내 가슴을 스쳐간다

그래도 동트는 아침 네가 있어 좋아라.

사랑의 집

이른 새벽 허기진 배 사랑으로 채우고

해맑은 이마에는 아빠의 입맞춤이

엄마의 다정한 미소 발걸음도 가볍게

짐칸을 포장 덮고 밧줄로 동여매고

방방곡곡 달리는 우리 아빠 이마에는

오늘도 맺힌 땀방울 에어컨은 잠잔다

막내딸 취업준비 아빠 어깨 짓누르고

언제나 열리려나 바늘구멍 대문이

그리던 취업을 하면 아빠 짐을 덜겠지.

포옹

그곳이 아니에요 조금 더 아래예요

쿵당쿵당 사랑 노래 가슴으로 더듬으며

먼 옛날 어른들께선 어떤 사랑 하였을까

손이 닿지 않는 곳을 어루만져 준다지만

시원하게 긁어줄 내 사랑은 오직 그대

언제나 뛰는 가슴을 간직하고 살리라.

설거지

설거지통 가득 메운 접시며 그릇이며

고무장갑 끼고서 콧노래를 부르지만

아내의 한평생 수고 갚을 길이 없구나

사방에 흩어지는 그릇 파편 튀는 소리

그래도 다친 데 없어 고마운 마음이요

사랑의 손목을 잡고 눈웃음을 나눕니다.

봉화산 산책길

진달래 피어있는 봉화산 산책길에

오가는 길손 따라 날개짓 가벼웁게

힘차게 솟아오르는 산비둘기 한 마리

포근한 산자락에 황금색 수선화가

얼마나 반가운지 버선발로 뛰어나와

파란 들 가슴에 안겨 도란도란 속삭이고

비단결 푸른 못엔 삼나무 편백나무

금붕어 비단잉어 손잡고 노니는데

어디서 들려오는가 임 부르는 사랑가.

인생

너도 늙고 나도 늙어 모두가 다 늙는데

허리 굽고 등 굽었다 구박이 웬 말이냐

마음은 저 곳인데도 내 몸은 이 곳이네

가버린 저 세월을 탓한들 무엇 하리

당신도 따라 늙어 내 맘을 헤아릴 때

마음에 별을 담고서 행복의 길을 가네.

살어리랏다

미는 듯 의지하며
넘고 넘는 산행길

진달래 피고 지고 민들레 홀씨 되고

한 평생
살어리랏다
그대 품어 기대어.

축복

우렁찬 울음소리
천지를 깨우노니

가슴에 기다림이
꿈으로 다가오네

이 기쁨
처마 밑에 걸고
천년만년 살고파

동이야 어서 오렴
내 생애 첫 손주여

생명의 신비로움
손 모아 기원한다

이제는
네 세상이다
무럭무럭 크거라.

원두막

빗속의 원두막
졸고 있는 허수아비

이놈들 게 섰거라
불호령에 줄행랑

걸음아
날 살려다오
그 시절이 선하다.

다랭이 논의 추억

조용히 들려오는

들꽃의 함성 소리

비탈진 들녘에서

개구리 울어대면

쟁기질

우리 아버지

허리 펼 날 없구나.

어머니의 사랑 2

솜이불 깊숙한 곳 따뜻한 밥 한 그릇

점심때 먹고 나니 빈 그릇 덩그러니

저녁엔 조로 끓인 죽 한 그릇씩 후루룩

세월은 흘러흘러 먹을 것 넘쳐나고

맛없다 먹기 싫다 투정만 느는 세상

니들이 어찌 알 거냐 보릿고개 설움을.

별밤 복숭아

겉보리 보자기로

어깨를 가로 매고

별 밤에 먹어야만

보약이 된다 하여

달콤한

연분홍 복숭아

별을 헤며 먹는다.

3

엄마 밥

냄비밥 가마솥 밥
전기솥밥 압력솥 밥

제 각각 밥 맛 손 맛
최고라 하지마는

누룽지
박박 긁어주는
엄마 밥이 최고 맛.

보릿고개

꽁보리 도시락에

책보자기 김치 국물

쌀밥에 고기반찬

철판에 구운 달걀

꿈속에

그려서 보던

울고 웃던 도시락.

눈 오는 날

시골집 장독 위에 쌀가루가 쌓이면

쌀가루 거두어 사이 사이 팥을 넣고

떡시루 김이 오를 쯤 시집 간 큰누나

사립문 밖에서 어머니 저 왔어요

버선발로 뛰어나가는 어머니 발자국이

바람에 보일 듯 말 듯 지워져 가는데.

자판기 앞에서

음료수

자판기 앞

너도 나도 한 캔씩

손 눈금

보이면서

울대가 꼴깍꼴깍

슬며시

지폐 투입구에

좋은 하루 되었으면.

삼천포 아가씨

뱃고동 울어대면

삼천포 아가씨는

여수로 떠난 낭군

애달피 그리면서

다홍빛

창선대교에

하트 깃발

올린다.

제 눈에 안경

제 눈에 안경이라

아무리 못났어도

저마다 가진 재주 하나씩 갖고 있어

세상은

아름다운 것

너 아니면 못 살아.

까만 백로

백로가 노는 곳에 까마귀야 가지 마라

한 물에 놀다 보면 너까지 백로 신세

흑갈색 얇은 껍데기 속 흑진주도 있는데

겉 보고 까맣다고 속까지 까말손가

하얀 척 고상한 척 허세를 부리지만

앞에서 장단 맞춘다 속마음을 줄소냐.

카톡

꾀꼬리 울음소리

아무리 곱다지만

한밤중 울어대면

정든 님 떠나가네

고요한

밤이 지나고

동이 트면 오소서.

어부의 사랑

도적떼 별거더냐

물리치면 그만이고

시누대 동백꽃은 가꾸면 더 멋있다

항꾸네

고기 잡으며

어화둥둥 살아보자.

인형과 아이

벽면을 바라보며

기도하는 어린이

인형을 사고 싶니 따뜻한 말 한마디

아이의

환한 얼굴에

맑은 햇살 빛난다.

수족관 나들이

공연은 언제 할까

무엇을 구경할까

꽃바람 불어오니

향기로 돌아온다

수족관 가족 나들이

하루 종일 행복해.

봄 친구

봄 내음 일식 팔 찬
남도를 돌고 돌아

봉화산 산자락에 꽃구름 띄워놓고

진달래 꽃망울 터트려
새봄을 맞이하네.

동백

님께서 오시는 길

동백꽃 다리 놓아

건너는 걸음걸음

꽃구름 피었는데

톡톡톡

떨어지는 꽃

가슴마다 피어요.

수원지 둘레길 1

휠체어 전동차에

유모차 푸른 새싹

수원지 둘레길에

웃음꽃이 만발하니

모두가

봄이 되는 곳

물고기도 춤춘다.

수원지 둘레길 2

봄이면 산 둘레길 연분홍 진달래가

남녀 청춘 황혼 청춘 반갑게 맞아주고

물가에 노란 수선화 사뿐사뿐 님에게

맥문동 보라꽃이 떼지어 하늘하늘

꽃잎에 둘러싸여 꽃대를 올릴 때쯤

올해도 황새 한 마리 잊지 않고 왔네요.

사랑의 보금자리

산자락 수원지에 찬바람 불더니만

사그락 속삭이며 이부자리 펼치네

오늘 밤 물고기님들 따순 밤을 보낼까

새하얀 목화 송이 살포시 내려앉아

따뜻한 보금자리 남 몰래 펼쳐주고

하늘엔 새털구름이 수원지를 수놓네.

지구가 뿔났다

기온이 오른다 사람이 열 받는다

덩달아 오른다 물가도 춤을 춘다

생활의 리듬이 깨진다 열대야가 제철이다

이마엔 땀방울이 눈가엔 눈물방울

흐르고 또 흐른다 가슴을 후비친다

이 일을 어찌할거나 숨 막히는 지구촌.

화림 계곡 가는 길

선비의 향기 따라

나그네 길 떠나는데

아늑한 휴게소는 가는 길손 붙잡고

울타리

사과 열매도

가는 눈길 붙잡아요.

4

시 쓰는 아이

우리 반 아이 중에

키 작은 아이 하나

제 딴엔 시 쓴다고

산으로 들판으로

어쩌다

시 하나 주우면

한나절이 웃음꽃.

시화전

강진만 바닷가에

글 꽃이 피어나고

김영랑 선생께서 오롯이 반겨주니

문인들

어깨춤이 덩실

어화둥둥 좋구나.

어느 여름 날

구구구 푸드덕

하늘로 솟아 올라

송림 숲 백사장을

한 바퀴 둘러보니

뛰놀던

발자국만이

그리움을 달래네.

빚지고 사는 세상

우리네 인생살이
빚지고 사는 세상

축복 속 태어남이
빚지는 세상이네

부모에 빚을 지고서
세상에 더부살이.

사랑은

사랑은 주다 주다

더 줄게 없을 때

애가 애가 타는 게 그게 그게 사랑이래

우리는

언제쯤에나

그런 사랑 해볼까.

어릴 적 친구 생각

보글 복 보글보글

술 익어 가는 소리

가만히 들으니 더 맛보고 싶어지는

아랫목

술 익는 소리

친구 생각 간절해.

치매보험

아들 딸 치매보험

가입하고 나던 날

찡하는 가슴 속에

묻어나는 엄마의 정

이마에

켜켜이 쌓인

잊지 못할 세월들.

느끼다

물보다 진한 것이 피라고 하지마는

만나면 아옹다옹 날밤을 지새워도

가슴에 피어나는 정 웃음꽃을 피운다

언제나 같은 마음 가질 순 없겠지만

정으로 다진 세월 황금이 이만할까

가슴으로 느끼는 눈빛 태양보다 뜨겁다.

바람의 넉살

바람이 별거더냐 이루면 그만이고

바람이 별거더냐 잡으면 그만이지

바람아 이제는 그만 내 사랑을 놓아줘

잡힐 듯 잡히잖고 보일 듯 보이잖는

뜬구름 좇아가는 뒷동네 처녀 총각

바람난 바람 좇다가 바람맞고 넉살 떤다.

꽃 피는 바다

불타던 그 해 여름 보무도 당당하게

바다를 만나던 날 가슴은 콩닥콩닥

엑스포 품에 안고서 꽃이 피던 바다야

끝없이 밀려드는 파도의 숨소리에

하늘엔 둥실둥실 꽃등이 썰매 타고

엑스포 꽃길 따라서 달려와준 새털구름.

가을 연가

뜨겁던 그 여름도 모래알의 사랑도

살포시 날아온 코스모스 향기 속에

수많은 사연 날리고 귀뚜라미 울어댄다

하늘은 마냥 높고 꽃구름 흐르는데

내 마음 흐르는 곳 그대가 기다릴까

저 하늘 고추잠자리 내 마음을 알거나.

터

저 건너 양지바른

꽃동산 산봉우리

나무와 풀꽃들이 어울려 사는 터

언젠간 저 생명의 집

나도 이제 가겠지.

겨울 옹달샘

휘이잉 산허리에 울리는 노랫가락

산새도 장단 맞춰 혀어엉 누우나아

따뜻한 엄마의 품안 포근하고 정겹다

바사삭 바삭바삭 소리 따라 깊은 산골

옥구슬 방울방울 대나무 골 따라서

목마른 겨울가뭄에 네 한 모금 나 한 모금.

느티나무

세월이 흘러흘러 그늘이 넓어지면
그때도 지금처럼 아이와 아기 엄마
친정집 어머니와 함께 옛날 얘기하겠지

공원 등 불빛 아래 이야기꽃이 피면
참새도 깡충깡충 다람쥐 따라가고
해변가 수상카페엔 연인들이 정겹다.

장군도

수중 석성 쌓아올려
썰물 밀물 가르고

으랏차 쇠줄에 침몰하는 왜적선

충무공
지혜로움은
나라 운명 지켰죠

벚꽃이 피어나는
육백 미터 둘레길

품 안에 돌산대교 진남관 남산선소

하늘엔
꽃등이 둥실
중앙동의 일번지.

호박꽃이라구요

다시 보세요
호박꽃이 얼마나 예쁜지

새 생명이 기지개를 켜는
새봄처럼 눈부신 꽃

황금색의 별 꽃
결실의 어머니 꽃

오늘도 웃음 가득 머금고
벌과 나비를 기다리는 꽃

다시 한번 보세요
호박꽃이라구요

최고의 인사

한밤중 시도 때도 없이 찾아오는
식자재 배달 기사

"배송왔습니다"

인사 대신
한밤중에 건네는 마음과 마음

"갑니다"

담백한 한마디가
긴 여운으로 남는다

이끼꽃

바람난 바람의
간지러운 유혹 뿌리치고
가녀리게 피어난 꽃
태풍에도 끄떡 않고
급류에도 아랑곳 않고
폭우에도 가는 허리 살랑대고
산들바람 거닐며
하늘 하늘 눈인사를 건네는
없는 듯 피어
있는 듯 없는 꽃

작품 읽기

그가 꿈꾸는 이데아는 '지금, 여기'

신병은(시인)

무위無爲는 모든 인간 중심적인 분별을 더 이상 하지 마라는 뜻으로, 인간중심적인 세계관을 근원으로 하는 서구적 자연관에 대한 비판적 대안으로 나온 노자의 자연관이다.

'있는 그대로의 자족'을 권하는 노자의 생태주의적 사유이기도 하다.

그는 땅을 본받고 하늘을 본받고 도를 본받으며 사는, 자연 그대로, 자연을 닮으면서, 자연에 따라 사는 본성이 선한 사람이다.

도덕이니 윤리니 라는 외부적인 조건에서가 아니라, 내면의 자아성찰에 따르는 진정성이 있는 사람이다. 나를 통해 너를 보고 너를 통해 나를 만나는 진정성이 함의하는 것은 곧 순도 높은 순결이고 가치있는 감동이다.

절대적으로 선한 사람은 없다지만 만나면 맹자의 성선설이 설득력을 갖는 사람이 있다.

그가 바로 시인 강경구다.

그를 보면 나이를 먹지 않는 사람이라는 생각이 든다.

순박하면서 이리利를 쫓지 아니하고 계산적이지 않으면서 동심과 같은 순박한 시선으로 세상을 들여다본다.

그만큼 맑고 투명하다.

　　벽면을 바라보며
　　기도하는 어린이

　　인형을 사고 싶니 따뜻한 말 한마디

　　아이의
　　환한 얼굴에
　　맑은 햇살 빛난다.

─「인형과 아이」

동심과도 같은 그 맑은 마음으로 세상을 들여다보면서 세상을 이해하려 하고, 연민으로 다가가려 한다. 연민은 불쌍하고 가엾게 여기는 마음, 즉 측은지심惻隱之心이다. 상대방의 입장이 되어 그 마음을 헤아릴 수 있는 인간다운 모습이다.

역지사지易地思之하는 마음이며 배려하는 마음이다. 하찮

은 것이라도 상대방의 입장에서 생각하고 행동할 때 인간의 마음은 움직이게 되고 감동하게 된다.

그래서 그가 꿈꾸는 이데아는 '지금, 여기'가 된다.

시 창작의 출발점으로 나는 가끔 배려를 강조한다.

측은지심惻隱之心과 역지사지易地思之의 배려 속에 서로의 마음을 움직이는 감동이 들어있기 때문이고 문학은 결국 감동이어야 하기 때문이다.

나무와 풀과 바위, 꽃과 물과 바람까지도 진정으로 대상의 입장에서 헤아리는 자세야말로 세상을 잘 살아가는 길이면서 세상을 제대로 이해할 수 있기 때문이다.

그래서 그는 눈물이 참 많다.

시집간 딸을 생각하며 울고, 먼저 떠난 동생을 생각하며 울고, 떠나는 손자의 뒷모습을 보면서도 눈물이 난다. 이 메마른 세상에 눈물이 있어서 시조를 쓰는지 모른다. 그의 감정선은 직선이면서 늘 열려있어 누가 툭하고 건드리기만 해도 울컥 눈물을 쏟는다.

가슴엔 꽃구름이
너울너울 밀려오고

온 산에 분홍 물결
봄 마중 나서는데

어머니

꽃구경 가요

한이 맺힌 그 한마디.

- 「어머니 꽃구경 가요」

이 시조는 장사익님이 가슴 밑바닥에서 끌어올리는 노래를 듣고 쓴 시조가 아니더라도 가슴 절절한 울림으로 다가온다. 봄날, 꽃구경 가자는 아들의 말에 좋아라고 등에 업혔는데 알고 보니 산길 숲길이 짙어지고 어머니는 그때서야 저를 산에 버리려 가는 줄 눈치 채고 솔잎을 한 움큼씩 따 길 뒤에다 뿌린다. 그러면서 묻는 아들에게 '아들아 너 혼자 내려갈 일이 걱정이구나, 길 잃고 헤맬까 걱정이구나' 하는 어머니의 말, 가슴이 먹먹해지는 노래다.

어머니의 의미, 눈물의 의미를 다시 음미하게 된다.

생각난 김에 어머니의 자식에 대한 사랑, 그 넓이와 깊이에 대한 고려시대의 이야기를 한 토막 적어본다.

언젠가 당나라 사신이 말 두 마리를 끌고 고구려를 찾았다.

사신이 말하기를 "이 말은 크기와 생김새가 똑같다. 어미와 새끼를 가려내 보라"라는 문제를 내었고 조정은 매일 회의를 했으나 묘안을 찾지 못했다.

이때 박정승이 이 문제로 고민하는 것을 보고 그의 노모가 말하기를 "그게 무슨 걱정거리냐. 나처럼 나이 먹은 부모면 누구나 안다"며 "말을 하루 정도 굶긴 후 여물을 갖다 주어라. 먼저 먹는 놈이 새끼 말이다. 원래 어미는 새끼를 배불리 먹이고 나중에 먹는다"고 일러주었고 당나라 사신은 고구려인의 지혜에 탄복하고 본국으로 돌아갔다고 한다.

　이는 어머니가 아니면 생각할 수 없는 어머니의 지혜다.

　산자락에 붙어있는 예쁘장한 텃밭에 열린 호박을 수확하며 제일 큰 것은 큰놈에게, 탐스런 것은 둘째에게, 식구 많은 셋째에게는 나머지 모두를 줄 생각부터 하는「엄마의 호박」은 모성의 원형이리라.

　　노오란 꼬마 신사

　　온 들판 수를 놓고

　　푸른 옷 갈아입은 청보리가 춤을 춘다

　　얼마나

　　멋진 세상인가

　　이 강산이 좋구나.

　　봄인가 싶더니만

　　어느덧 눈 내리고

　　진달래 피어나고 동백은 떨어져도

세상은

돌고 도는 것

마음 비우면 참 행복.

-「빈 수레 행복 가득」

우리가 살아가며 새롭고 즐거운 삶은 멀리 있는 것이 아니라 늘 우리 가까이 있다는 것을 알게 된다. 꽃이 피고 지고, 나뭇잎이 피고 지고, 열매가 맺고 하는 모든 것들이 알고 보면 다 새로운 사건들이다. 나무의 꽃은 매년 피지만 그 꽃은 작년의 꽃이 아니고, 내년의 꽃으로 다시 피어나지 않는다. 고목이라도 피어나는 꽃은 매년 새로운 꽃인 것처럼 그의 삶은 나이에 관계없이 늘 푸르다. 우리는 서로를 신선함 없는 어제와 같은 꽃으로 바라보지는 않았는지, 새로 피어난 꽃도 작년의 꽃과 똑같게 보지 않았을까를 되돌아보게 된다.

꽃을 이해하고 나무를 이해하는 일이 날마다 새롭게 사는 일이다. 그에게 세상은 봄, 여름, 가을, 겨울 할 것 없이 늘 좋은 풍경, 참 행복으로 다가온다. '봄인가 싶으면 어느덧 눈이 내리고 다시 진달래 피고 동백이 떨어지고'하는 계절의 순환 속에서 욕심없이 사는 것이 행복이다. '한 움큼 쥐어보자 갖은 애를 다하지만, 뒤돌아 지켜 서 보면 아무것도 안 보이고 오늘도 앞만 보고 열심히 살지마는, 그것 참 아무리 봐도 빈 손인 게 맞구나'라며 물욕에 대한 존재론적 성찰을 통해 스스로를 세워가는 모습도 보인다.

마음 비우면 그 자체로 행복이다.

욕심없이 밝고 환한 아우라야말로 그의 시조를 떠받치는 넉넉한 힘일 것이다.

이제 그의 시적 일상을 보기로 하자.

그의 시조를 보면 시조가 어려울 이유가 하나도 없다는 것이다. 삶의 일상에서 밥 먹고 커피 마시고 친구 만나고 출근하고 하는 일 그 자체가 시가 되고 틈새로 문득문득 떠오르는 일이 노래가 된다. 즉 일상의 내적체험이 심상이 되는 외연外延이고 내포內包다. 가만히 들여다보면 평범 속에 비범, 새로운 세계가 안겨 있다는 것을 알게 된다. 따라서 하나같이 '지금, 여기'를 바라보고 찬찬히 들여다 본다.

「분만실 앞에서」에는 손주를 기다리는 애틋함과 딸을 걱정하는 애뜻함이 세상 사람이면 누구나 다 갖는 애틋함으로 안겨있다. 간절하다거나 애틋하다거나 아프다거나 그립다거나 기쁘다거나 하는 그 심리적 상황을 시적으로 표현하기는 참 어렵다. 이럴 때는 어떤 언어적 기교보다는 있는 그대로의 진심을 보여주게 된다. 진심만큼 감동을 주는 일이 없기 때문이다.

나와 딸, 그리고 손주의 심적 상황을 더도 덜도 없이 그대로 버무려 놓은 시조다.

시인들의 시쓰기는 보편적으로 대상이 처한 공간과 시간

이 내포하고 있는 의미를 더듬게 된다. 공간과 시간의 의미로써 그 흔적을 보려하고 그 과정에 나의 내면이 자연스럽게 투영된다. 우리가 말하는 흔적이란 엄밀하게 말해서 시간과 공간의 의미가 된다.

포즈가 생각이고 공간이 생각인 셈이다.

작은 행성 소우주가
은하수를 뿌리면

집안에 웃음꽃이 지천에 너울대고

밤톨로
여무는 소리
온 집안을 채운다

든 자리 가고 나면
잊힐 줄 알았는데

옹알이 웃는 얼굴 천사의 그 눈빛이

보고파
너무 보고파
그리움만 쌓인다.

－「손주를 보내고」

소박하지만 신선한 행복의 풍경이다.

손주를 보내고 난 후에 남아 있는 공간과 시간의 심리적 '소환행'이 한 폭의 그림처럼 그려져 있다. 행복은 멀리 있는 것이 아니라, 늘 그 모습 그대로인 것 같아도 다시 가만히 살펴보면 그 속에 삶이 숨겨져 있다는 것을 알게 된다.

김종삼 시인의 시 「행복」이 생각난다.

'낡은 신발이나마 닦아 신자 / 헌 옷이나마 다려 입자 / 북한산행 버스를 타다 / 안양행도 타 보자 / 나는 행복하다… 이 세상이 고맙다 예쁘다'

우리가 사는 '지금'이 행복이고 기적 아닌 것이 없다. 손주를 만나는 것도 행복이고 손주를 보내는 것도 행복이고 멀리서 그리워하는 것도 행복임을 알게 된다.

비단에 모락모락
피어나는 사랑꽃

약지로 맛을 보니 달콤하고 향기롭네

세상의
아름다운 꽃
배내똥이 으뜸 꽃.

－「인류의 꽃」

배내똥은 갓난아이가 먹은 것 없이 맨 처음 싸는 똥이다. 대개 출산 후 이틀 정도는 엄마의 젖이 나오지 않으며 이때 갓난아이는 태반 똥을 누게 되는데 이것이 배내똥이다. 이틀 정도 젖이 나오지 않은 것은 자연단식을 하라는 하늘의 명령이고 자연의 섭리라고 한다. 따라서 아기가 태어나서 초유를 먹기까지의 단식 기간 동안 배설중추가 작동하여 배내똥을 내보내게 되는 것이 순리다.

처음부터 비우며 살라는 하늘의 뜻인 셈이다.

시인에게 배내똥은 태어나 처음 피우는 사랑꽃으로 인식된다.

손주를 향한 사랑은 이렇게 향기로울 수밖에 없다.

똥이 꽃이 되고 꽃이 똥이 되는 손주의 하루는 시인의 가장 아름다운 행복이다.

행복은 삶의 목표가 아니라 '지금'이고 '여기'임을 그의 시를 읽으면 공감하게 된다.

윗배미 아랫배미

물고랑 떨어진 곳

살며시 헤집으면

미꾸라지 한두 마리

모두 다

즐기며 먹는

아버지의 추어탕.

- 「아버지의 추어탕」

비가 오면 늘 미꾸라지를 잡으러 다니시던 풍경이 선하다. 들녘 물꼬 아랫부분을 찾아다니며 미꾸라지 잡던 풍경은 일상이었다. 잡아서 팔기도 하고 집에서 추어탕을 끓여먹기도 했던 그 시절이 오버랩된다.

아버지에 대한 회상을 중심축으로 지금은 사라진 유년의 삶의 풍경을 그렸다. 지난 시간을 더듬어 쓴 회상적인 시조는 사라져 가는 것들에 대한 증빙자료가 될 것이라 본다. 그에게 시간 속의 현재는 곧 과거와의 연장선에 있다는 발상으로 시상이 마련된다. 그리고 오늘은 또 언제가 그날의 연장선이 되고 인과의 속이 된다는 것이다.

회상은 시간적으로 과거의 어느 한순간을 서정적으로 재생시키지만, 지금 현재를 넉넉하게 해주는 정서적 넓이가 되기도 하고, 앞으로 다가올 시간에 대한 이정표가 되어주기도 한다.

그래서 그의 '지금, 여기'는 현재이면서 과거이고, 미래가 된다.

2년 여 방황 속에 제 꿈을 이루고져

한번만 기회 달라 목메던 소원 끝에

맨주먹 불끈 쥐고서 서울로 간 머슴애

파도에 휩쓸리며 재를 넘고 영을 넘어
限韓令 파고 넘어 상해로 북경으로
꿈 이룬 마이 버킷리스트 하늘 높이 날아라.

- 「버킷리스트」

〈마이 버킷리스트〉는 시인의 아들이 제작하여 무대에 올린 창작 뮤지컬이다.

가수가 되고 싶은 양아치 소년이 시한부 인생을 선고 받은 소년 '해기'를 만나 함께 버킷리스트를 수행하는 과정을 그린 창작뮤지컬 작품으로 2014년 국내 초연한 작품이다.

그의 시작詩作 메모에는 '아들이 대학 2년을 방황하다 예대를 가려고 할 때 앞이 캄캄하기도 하였지만, 역경을 견뎌내고 대학로에서 뮤지컬 제작활동에 매진하던 중 2014년 초연하였던 창작뮤지컬 〈마이 버킷리스트〉가 중국에서 호평을 받아 공연 중 싸드 배치로 한한령에 묶여 있다 재공연을 하게 되었다. 동숭아트센터 동숭홀에서 1930년대 경성 문인들의 사랑과 애환 민족혼을 그린 〈팬레터〉를 공연한 바 있다. 아들의 지난날을 생각해본다'고 적혀 있다.

시인의 아들 강병원 대표는 2019년 올해의 프로듀서상을 수상할 만큼 국내외에서 엄청난 활동을 하고 있는 젊은 뮤지컬 제작자로 뮤지컬계의 유망주다. 얼마나 대견스러운 일

인지는 세상의 어버이라면 짐작하고도 남음이 있다.

어버이로서 이보다 더한 행복은 없을 것이다. 가만히 들여다보면 그의 시편에는 가족에 대한 사랑의 힘이 밑을 받치고 있음도 알 수 있다.

대견스러운 아들은 시인에게는 '덤불 속에 피어난 꽃'이 된다.

꺾이어 버려졌나
가까이 다가서니

윙크로 인사하는
깜찍한 저 꽃잎은

덤불 속
피어오르는
새 생명의 철쭉꽃.

                              —「덤불 속에 피어난 꽃」

봄 향기 그윽한 날 꽃대를 올렸는데
철없는 심술쟁이 궁금해 기웃기웃
아뿔싸 피우지 못한 기다림이 꺾인다

해마다 길손에게 하늘 하늘 눈인사

올해는 못하지만 내년을 기다리며

희망의 끈 놓지 말자 돌아오는 새봄을.

- 「꽃대의 기다림」

자연을 읽다보면 그 속에서 내 모습을 만나게 되고 가족의 모습을 만나게 되고 새로운 내가 시 속에서 형상화된다. 생태적 사유를 바탕으로 삶의 이치를 조명하는 동시에 역경을 딛고 핀 꽃을 바라보는 정직한 힘이 시적 진실에 이르게 한다.

시적 진실은 대상에 안겨 있는 삶의 의미를 포착해내는 발화점이 된다.

강경구 시인의 시적 상상력이 건강한 이유이며 공감의 폭이 넓은 이유다.

봄날 올린 꽃대를 개구쟁이가 꺾어버리는 것을 보고 '피우지 못한 기다림이 꺾인다고 희망의 끈 놓지 말고 돌아오는 새봄을 기다리자고' 다독인다. 순수하고 맑은 식물성 사랑이 아닐 수 없다.

그 사랑은 이제 아내를 향해 선다.

아침마다 소리없이 웃는 미소로 하루를 열어주는 창이 되기도 한다.

설거지통 가득 메운 접시며 그릇이며

고무장갑 끼고서 콧노래를 부르지만

아내의 한평생 수고 갚을 길이 없구나
사방에 흩어지는 그릇 파편 튀는 소리
그래도 다친 데 없어 고마운 마음이요
사랑의 손목을 잡고 눈웃음을 나눕니다.

—「설거지」

　현실감과 생동감 있는 작품을 위해서는 현실에 발을 두고 상상력을 발휘해야 한다. 요즘의 시가 지겹다고 하는 이유도 현장감이 없기 때문이다. 무슨 말을 하고 있는지 도무지 이해할 수 없는 외계인의 언어로 된 시들도 많다.

　시가 왜 그렇게 되었는지는 새삼스러울 것이 없지만 시의 생명이 공감이고 울림이라면, 가장 중요한 것은 쉽게 이해할 수 있는 것이어야 한다. 그러기 위해서는 삶의 주변에서 건져 올린 소재를 통해 메시지를 전할 수 있어야 한다.

　시는 현실과 접촉하며 삶의 시속을 일깨우면서 삶의 진실을 유추할 수 있어야한다. 그래서 시는 현실적 자기 경험이 시 소재의 황금창고다.

　시인은 현실상황에 놓인 자신의 존재를 살피는 것에서부터 출발해야 시적 인식이 건강하고 현장감과 생동감을 갖게 된다.

　이것이 강경구 시인의 시쓰기다.

　「설거지」에 안겨 있는 시적 인식, 즉 아내에 대한 애틋한 정이 새로울 것이 없지만, 그러면서도 부부의 사랑이 정겹게 다가온다.

참사랑은 배려임을 눈치채게 된다.

꼭두새벽 눈을 뜨니 옆자리가 허전하다
정적만 감돌고 고요만이 흐르는데
똑똑똑 함께 자자고 소곤대는 자명종

사랑을 주고 받고 마음을 받고 준다
첫사랑 눈 먼 사랑 주는 것이 참사랑
서로가 챙겨준다고 네가 먼저 내가 먼저

챙기면 싫다 하고 지나치면 토라진다
알 수 없는 네 마음 별님에게 물어볼까
그래도 당신이 좋아 당신 곁이 최고야.

-「당신이 좋아」

시인은 현재 '지금, 이 시간'이 늘 즐겁고 행복하다. 가족들과 함께 하루하루 사는 것이 행복이다. 특히 아내와의 관계는 애틋하기 이를 데가 없다. '사랑을 주고받고 마음을 받고 준다' '네가 먼저 내가 먼저' 서로를 챙기는 '곁'이 된다.

시인에게 아내는 '서산 노을 진 바다를 닮아가는 모습이 더더욱 아름다운 당신'이다.

공자는 아는 것보다 좋아하는 것이 낫고, 좋아하는 것보다

즐기는 것이 낫다고 했다.

강경구 시인은 하루하루의 삶을 즐긴다. 그리고 시를 즐긴다.

시를 즐긴다는 것은 삶을 즐긴다는 것이고 삶의 현장에서 만나는 현상과 대상 읽기, 의미 체험을 즐긴다는 말이다. 그래서 그의 시조를 읽는 것 또한 즐거운 일이다.

> 그곳이 아니에요 조금 더 아래예요
> 쿵당쿵당 사랑 노래 가늠으로 더듬으며
> 먼 옛날 어른들께선 어떤 사랑 하였을까
>
> 손이 닿지 않는 곳을 어루만져 준다지만
> 시원하게 긁어줄 내 사랑은 오직 그대
> 언제나 뛰는 가슴을 간직하고 살리라.
>
> ―「포옹」

손닿지 않는 가려운 곳을 긁어주는 일만큼 기분 좋은 일은 없다. 부부는 결국 손닿지 않는 곳을 서로 더듬어 시원하게 긁어주고 어루만져 주는 관계다. 그래서 시인은 아내에게는 언제나 뛰는 가슴이다. 사람은 나이가 들어 늙는 것이 아니라, 가슴에서 설렘이 사라지면 늙는다고 했다.

부부가 함께 산책하며 지난 세월을 셈하기도 하고, 마음은 늘 청춘인데 둘레길을 걸으며 황혼 불빛을 태운다.

당신 먼저 가지 마오 손잡고 함께 가요 / 고단했던 지난 세월 주고 받고 다독이며 / 사랑의 두 손 잡고서 은빛 노을 꿈꾼다. -「은빛 노을」일부

이 점에서 강경구 시인은 청춘이다.

작은 것에 쉬 감동하고 가슴 설레는 그의 사랑은 그래서 젊다.

그런 그의 젊은 감각이 근래에 와서 작품 속에서 피어나고 있다.

바람난 바람의

간지러운 유혹 뿌리치고

가녀리게 피어난 꽃

태풍에도 끄떡 않고

급류에도 아랑곳 않고

폭우에도 가는 허리 살랑대고

산들바람 거닐며

하늘 하늘 눈인사를 건네는

없는 듯 피어

있는 듯 없는 꽃

-「이끼꽃」

무심히 지나쳤던 그늘진 습기있는 곳이면서 양지바른 곳에 있는 이끼는 색이 맑다. 이끼도 포자낭이라는 꽃이 핀다. 그

리고 시간이 지나면 꽃이 진다. 그동안 보이지 않았던 꽃이지만 제가 있어야 할 곳에 존재하면서 묵묵히 제 할일을 한다.

산소를 공급하고, 곤충의 먹이가 되어주고, 이 땅의 물의 양을 조절하고, 그리고 약이 되기도 한다. 대기가 오염되는 요즘에는 더 그 존재가 위대할 수밖에 없다.

인간의 존재가치보다 상위에 위치한다.

시인에게 이끼는 존재하는 그 자체로 꽃이다.

그 존재를 이해하고 인식하는 순간에 이끼는 뿌리에 내려둔 초록의 기억을 피워 올린다.

그때 이끼는 잎이 피고 꽃이 피는 것이다.

이렇듯 그는 사소한 것을 그냥 지나치지 않는다는 것, 사소한 것에서 발견된 새로운 의미가 공감의 폭을 넓혀준다. 즉 대상과 현상에 숨겨져 있는 삶의 의미를 있는 그대로 짚어낸다.

한밤중 시도 때도 없이 찾아오는
식자재 배달 기사

"배송왔습니다"

인사 대신
한밤중에 건네는 마음과 마음

"갑니다"

담백한 한마디가

긴 여운으로 남는다.

- 「최고의 인사」

그냥 지나칠 수 있는 일상의 단면을 놓치지 않은 삶의 풍경이다. 무심코 건네는 말 한마디에도 순수하고 맑은 진정성을 발견하는 시인의 눈이 맑기도 하다. 진심으로 건네는 인사 한마디는 너로부터 나에게로 울림으로 닿는 것이어서, 속 뭉클한 떨림이어서 가만히 서로를 들여다보는 여운이 된다.

그래서 인사를 건네받은 사람의 얼굴도 환하게 꽃피는 것이다.

주는 것 없이 괜히 꼴 보기 싫은 사람이 있는가 하면, 만나기만 해도 기분 좋은 사람이 있다. 자존감을 회복시켜주는 말투가 있는가 하면 상대가 먼저 다가오게 만드는 호감형 말투도 있다. 물론 첫인상의 문제지만 그 첫인상을 좌우하는 첫 번째도 말투다. 말투 하나가 일을 꼬이게 하는가 하면 어렵다고 생각했던 일이 의외로 잘 되기도 한다.

말투의 힘이다.

화법의 힘이다.

강경구 시인은 머릿속에 있는 관념어보다는 현장성이 있는 말의 힘을 믿고 즐겨 쓴다.

시어는 말투의 힘이 있는 말이어야 한다.

나보다는 먼저 남을 생각하는 배려가 있는 말, 상대방의 마음을 어루만져주는 말, 청자가 스스로 여백을 만들 수 있는 말, 맺힌 관계를 술술 풀어지게 하는 말, 다정하고 솔직하고 정직한 내 심정의 말이 힘이 있는 말이면서 살아 있는 말이다.

그래서 그의 시어는 36.5도의 체온이 담긴 따뜻한 말이 된다.

다시 보세요
호박꽃이 얼마나 예쁜지

새 생명이 기지개를 켜는
새봄처럼 눈부신 꽃

황금색의 별 꽃
결실의 어머니 꽃

오늘도 웃음 가득 머금고
벌과 나비를 기다리는 꽃

다시 한번 보세요
호박꽃이라구요

－「호박꽃이라구요」

그의 시적 안목도 그렇지만 화법 또한 이렇게 꾸밈없이 소박하다.

시의 수사법은 그 대상과 상황에 맞는 말을 찾는 것이지 미사어구를 동원하여 꾸미는 일이 아니다. 시적 의미를 새롭게 발견하는 장치다.

잘나고 못난 미의 가치기준이 외적인 것이 아니라 내적인 아름다움임을 이 시조는 말한다. 자세히 보면 늘 보아온 그 속에 장엄한 발견이 있음을 알게 된다.

일상 속에 존재하는 것들의 본질을 잡아내고 대상에 대한 일상적 사유를 통해 암시적으로 삶을 유추하게 된다. 그래서 일상 속 대상을 바라보고 해석하는 그의 시안詩眼이 바로 일상적 화법의 원형질이 된다. 일상적 안목과 평범한 화법, 그리고 사소한 것들에 대한 관심과 배려가 명랑하고 신선한 시적 상상으로 안내해준다.

보여주지 않아도 헤아려 보고 말하지 않아도 헤아려 들어주는 호기심의 화법이면서 나무와 풀과 꽃과 바람과의 공감 화법이다.

우리 반 아이 중에
키 작은 아이 하나

제 딴엔 시 쓴다고
산으로 들판으로

어쩌다

시 하나 주우면

한나절이 웃음꽃.

-「시 쓰는 아이」

모든 시는 그 시인의 자화상이다.

호기심을 앞세워 여기저기를 기웃대다 시 하나 주우면 한나절 내내 웃음꽃이 핀 그가 보인다.

강경구 시인.

그는 겉꾸밈이 아니라 참된 마음이 깃든 시조를 쓴다. 그는 또 시 창작은 행복한 소통 세상인 커뮤니데아라 믿는다.

남이 갖지 않은 눈 맑은 소통의 창, 세상을 다르게 볼 수 있는 사유의 창이 있다.

그 창은 몸의 눈이면서 마음의 눈이다. 세상을 있는 그대로 솔직하게 바라보는 눈이다. 그 소통의 창을 통해 그는 어떻게 하는 것이 공감과 공명의 폭을 넓혀줄 수 있을지를 고민한다. 나무와 풀과 바람과 꽃의 세상이 나를 가르친다는 것을 명심하면서 그의 시조를 감상하다보면 어떻게 사물 위에 마음을 얹는지를 알게 된다.

꽃대의 기다림

지은이 · 강경구
펴낸이 · 유재영
펴낸곳 · 주식회사 동학사

1판 1쇄 · 2019년 8월 24일
출판등록 · 1987년 11월 27일 제10-149

주소 · 04083 서울 마포구 토정로53 (합정동)
전화 · 324-6130, 324-6131 | 팩스 · 324-6135
E-메일 | dhsbook@hanmail.net
홈페이지 | www.donghaksa.co.kr
www.green-home.co.kr

ⓒ 강경구, 2019

ISBN 978-89-7190- 685-9 03810